Analyse de l'œuvre

Par David Noiret et Pauline Coullet

Zadig ou la Destinée

de Voltaire

Rendez-vous sur lepetitlitteraire.fr et découvrez :

Plus de 1200 analyses
Claires et synthétiques
Téléchargeables en 30 secondes
À imprimer chez soi

VOLTAIRE

ÉCRIVAIN ET PHILOSOPHE FRANÇAIS

- **Né en 1694 à Paris**
- **Décédé en 1778 dans la même ville**
- **Quelques-unes de ses œuvres :**
    - *Micromégas* (1752), conte philosophique
    - *Candide ou l'Optimisme* (1759), conte philosophique
    - *L'Ingénu* (1767), conte philosophique

Voltaire, François Marie Arouet de son vrai nom, est l'une des figures de proue des Lumières (mouvement philosophique qui domine le monde des idées en Europe au XVIIIe siècle et qui combat l'obscurantisme et l'ignorance par la diffusion du savoir et une foi inébranlable en la raison).

Après des études brillantes chez les jésuites, malgré son esprit indiscipliné, Voltaire se fait connaitre par des écrits satiriques, dans lesquels il s'attaque, entre autres, au régent de France Philippe d'Orléans (1674-1723). Ce qui lui vaut, outre un premier exil à Sully-sur-Loire (Loiret) en 1716, un séjour de onze mois à la Bastille. À sa sortie, il défend encore et toujours ses positions à travers des procédés littéraires divers, en premier lieu desquels, la satire et l'ironie.

La dimension très critique de ses ouvrages l'oblige à rester hors de France pendant de longues années. Il s'exile d'abord en Angleterre, où il découvre le régime de la monarchie parlementaire qui le séduit, par opposition à la monarchie absolue française dont il ne cesse de dénoncer les excès. Il séjourne ensuite en Prusse, aux côtés de Frédéric II (1712-1786), qui représente pour lui le modèle du monarque éclairé. Les deux hommes finissent toutefois par se brouiller. À son retour de Prusse, il s'installe à Genève puis à Ferney, à côté de la frontière suisse. De là, il s'engage dans plusieurs affaires judiciaires et obtient l'acquittement ou, à défaut, la réhabilitation, d'innocents condamnés injustement à mort. La plus célèbre est l'affaire Calas (1762-1765).

À la fin de sa vie, il est de nouveau toléré à Paris où son succès et sa renommée le protègent. Accueilli en héros par le tout Paris, notamment grâce à son rôle dans l'affaire Calas, il est aussi admiré pour son œuvre et sa pensée. Il y meurt en 1778.

Contributeur de l'*Encyclopédie* (1751-1772), œuvre fondatrice de la philosophie des Lumières, et auteur de nombreux contes philosophiques, d'essais historiques et philosophiques, mais aussi poète et dramaturge, Voltaire laisse une œuvre imposante et protéiforme, toujours au service de son combat pour la liberté, la tolérance, la justice et le savoir.

ZADIG OU LA DESTINÉE

UN SUBTIL MÉLANGE DE PHILOSOPHIE ET D'ORIENTALISME

- **Genre :** conte philosophique
- **Édition de référence :** *Zadig ou la Destinée*, Paris, Gallimard, coll. « Folio classique », 1999, 176 p.
- **1re édition :** 1748
- **Thématiques :** Orient, philosophie, superstition, sagesse, bonheur, providence

Zadig ou la Destinée est publié en 1748. Il s'agit d'un conte philosophique qui présente tous les traits caractéristiques du style de Voltaire : la légèreté, la brièveté, ainsi qu'un gout pour la satire et l'humour, la philosophie et la morale. C'est un court ouvrage amusant et riche à la fois par la multiplication des péripéties et des traits d'esprit.

Voltaire a fait paraitre ce conte anonymement en 1747 sous le titre *Memnon, histoire orientale*, avant de le remanier pour le publier à nouveau anonymement sous le titre *Zadig ou la Destinée*. L'ouvrage a connu par la suite d'autres remaniements : Voltaire rajoute l'épisode de Yébor à l'occasion de l'édition de ses œuvres complètes en 1756, et deux autres chapitres, « La Danse » et « Les Yeux bleus » seront encore ajoutés après sa mort.

L'intrigue a pour cadre un Orient de fantaisie, fantasmé depuis la traduction des *Mille et Une Nuits* (1704-1717) par Antoine Galland (orientaliste et écrivain français, 1646-

1715), ces histoires d'amour et d'aventures contées par Schéhérazade au sultan pour l'empêcher de la tuer.

Le conte narre les aventures de Zadig, un jeune homme vivant à Babylone qui a tout pour être heureux : il est jeune, intelligent, beau et riche. Très optimiste, il est persuadé que le bonheur est possible ; pourtant, il va enchainer les désillusions à partir du moment où sa fiancée, Sémire, l'abandonne. Zadig va être connaitre les trahisons, la prison, mais aussi l'opulence et l'amour, jusqu'à découvrir la vérité et le bonheur qu'il recherchait désespérément.

RÉSUMÉ

CHAPITRES I ET II

L'histoire débute au royaume de Moabdar, à Babylone. Zadig, un jeune homme riche et sage, aime Sémire, le premier parti de Babylone par sa beauté et sa fortune. Mais le malheur s'abat sur eux : Orcan, le neveu d'un ministre, jaloux de l'amour des deux amants, envoie ses sbires enlever Sémire. Une bagarre éclate et Zadig parvient à sauver sa belle, non sans se blesser. On fait venir le médecin Hermès qui déclare que l'œil gauche de Zadig est perdu. Lorsque Zadig guérit, le médecin, trop fier pour avouer son erreur de diagnostic, convainc Sémire du contraire. Les borgnes lui inspirant de la répulsion, Sémire se marie avec Orcan tandis que Zadig, dépité, prend Azora pour épouse, une jeune fille sage et bien née quoiqu'un peu légère.

Les deux époux s'aiment tendrement, mais, au fil des jours, Zadig se met à douter de la fidélité d'Azora. Un mois après leur mariage, il lui tend un piège, aidé de son ami Cador ; et la répudie lorsqu'il voit ses craintes confirmées.

CHAPITRE III

Déçu, Zadig se met alors à la recherche de bonheur à travers la nature et la sagesse. Alors qu'il se promène auprès d'un petit bois, il croise des serviteurs royaux à la recherche du chien et du cheval de la reine et du roi, qui se sont enfuis. Zadig leur décrit les deux animaux avec de nombreux détails, tout en assurant ne pas les avoir croisés. On ne croit évidemment pas Zadig, qui est condamné au fouet. Mais au moment où le jugement est rendu, les deux animaux sont retrouvés. Zadig est innocenté et explique qu'il avait, en vérité, deviné l'aspect des animaux grâce aux traces qu'ils avaient laissées dans la forêt.

CHAPITRE iv

Zadig, libéré, se console de sa mauvaise fortune en s'adonnant à la philosophie. Il organise chez lui des diners mondains. Mais son succès dans le monde attise la jalousie de son voisin Arimaze, surnommé l'envieux. Un soir, il récupère dans un buisson un papier déchiré sur lequel Zadig avait écrit quelques vers. Reconstitués par Arimaze, les mots forment un message très injurieux à l'égard du roi. L'envieux court rapporter sa découverte et fait emprisonner Zadig. Heureusement pour le jeune homme, un perroquet tient dans son bec le fragment manquant et le roi comprend qu'il s'agissait en fait d'une louange. Zadig est libéré et devient proche du roi et de la reine. Il goute enfin au bonheur.

CHAPITRE v

À Babylone, la tradition veut que, tous les cinq ans, les mages élisent le plus généreux des citoyens. Le roi décerne pourtant cette fois-ci lui-même ce titre à Zadig pour l'une de ses bonnes actions (il a osé parler avantageusement d'un ministre disgracié contre qui le roi était en colère). Il offre aussi des présents aux autres candidats, gagnant une très bonne réputation auprès de ses sujets.

CHAPITRES vi À viii

Le roi apprécie beaucoup Zadig et le nomme Premier ministre. Zadig devient de plus en plus estimé dans le royaume grâce à sa diplomatie (il intervient dans des conflits religieux séculaires et ramène la paix). Convoité par de nombreuses femmes, dont celle de l'envieux, Zadig n'a d'yeux que pour la reine Astarté, dont il est amoureux. L'envieuse le découvre et le fait savoir au roi qui, fou de rage, veut mettre à mort Zadig et la reine. Prévenu par Astarté et aidé par son ami Cador, Zadig fuit vers l'Égypte, laissant derrière lui la reine.

CHAPITRE ix

Zadig, accablé, poursuit sa route. En chemin, il aperçoit une femme battue par son mari, et décide d'intervenir en tuant l'époux. La femme, Missouf, s'indigne subitement de ce geste, elle qui pourtant avait appelé Zadig à l'aide. Zadig continue son chemin : il est tellement énervé par l'attitude de la jeune femme que, lorsqu'il voit quatre cavaliers de Babylone envoyés par Moabdar la capturer, il n'essaie pas de lui venir en aide.

CHAPITRE x

Lorsqu'il arrive dans une bourgade égyptienne, Zadig est retrouvé puis condamné pour l'assassinat du mari de Missouf. Vendu comme esclave, il est acheté par Sétoc, un marchand, qui s'aperçoit vite de sa vive intelligence. Zadig acquiert à nouveau une excellence réputation lorsqu'il arrange un conflit en Sétoc et un Hébreu.

CHAPITRE xi

Zadig et son nouvel ami Sétoc discutent de religion. Zadig s'insurge contre une vieille tradition arabe alors qu'une veuve est sur le point de se sacrifier sur le bucher pour suivre son mari dans la mort. Il s'entretient avec la veuve et la convainc de renoncer à son geste, abolissant ainsi la coutume.

CHAPITRE xii

Un peu plus tard, les deux amis se rendent au banquet de Bassora où ils rencontrent des personnes de nationalités différentes. Chacun vante sa culture et ses pratiques en rabaissant celle des autres. Zadig déclare alors que tous les convives adorent le créateur des différentes cultures, Dieu. Tout le monde s'accorde sur ce constat et admire la sagesse de Zadig, qui s'en retourne avec Sétoc.

CHAPITRE xiii

Zadig est condamné à mort par les prêtres qui lui reprochent d'avoir mis fin au sacrifice des veuves. Almona, la femme qu'il a sauvée du bucher, lui vient en aide en promettant secrètement ses charmes à chacun des quatre prêtres, successivement. Elle leur fixe un rendez-vous et ces derniers se retrouvent alors piégés, démasqués. Ces derniers, se re-trouvant nez à nez chez elle lors du rendez-vous qu'elle leur a fixé, sont stupéfaits par la présence des juges qu'Almona a conviés. Zadig est sauvé, et Sétoc épouse Almona.

CHAPITRES xiv ET xv

À la demande de Sétoc, Zadig se rend sur l'ile de Serendib.
Il y rencontre le roi Nabussan, qui a des soucis avec ses tré-
soriers malhonnêtes. Zadig résout son problème en faisant
danser les candidats qui se présentent pour devenir tréso-
riers : ceux qui se sont rempli les poches en cachette dans
le salon, où étaient étalés tous les trésors de Sétoc, dansent
évidemment fort mal. Le seul bon danseur, honnête, est fait
trésorier et Zadig est couvert d'or.

Il choisit ensuite une femme pour Nabussan. Cependant, le
fait qu'elle ait les yeux bleus porte malheur en Orient, et ce
choix crée donc une grande agitation dans le royaume. Zadig
arrange de nouveau la situation en suggérant au roi de ne
pas offrir son aide aux bonzes qui dénigraient les yeux de
sa femme lors d'une attaque de leurs terres. Ces derniers
reviennent de ce fait implorer le pardon de Nabussan en
échange de son aide. Zadig peut ensuite s'en retourner vers
Babylone, à la recherche d'Astarté.

CHAPITRE xvi

Sur son chemin, Zadig rencontre des brigands. Il se défend
si bien que le chef de ceux-ci, Arbogad, l'invite chez lui.
Arbogad lui apprend que Babylone est plongée dans le chaos
parce que le roi Moabdar est devenu fou et a été tué, laissant
la reine devenir la concubine d'un prince d'Hyrcanie. Zadig,
malheureux et déplorant sa destinée, quitte le château de
son ami et continue sa route.

CHAPITRE xvii

En arrivant près d'une rivière, Zadig sauve la vie d'un pêcheur sur le point de se suicider. Il apprend qu'il est en partie responsable du malheur du pauvre homme, puisque cet ancien vendeur de fromage a été ruiné à la disparition de Zadig et de la reine (ces derniers lui avaient commandé 600 de ses excellents fromages, et n'ont jamais pu le régler à cause de leur fuite). Désolé, Zadig donne au pêcheur la moitié de ses richesses et l'envoie chez le seigneur Cador à Babylone, où il le rejoindra.

CHAPITRE xviii

Arrivé dans une prairie, Zadig rencontre des femmes cherchant un basilic (reptile mythique auquel on attribuait le pouvoir de tuer par son seul regard) : ces esclaves ont pour mission de ramener la bête afin de l'utiliser pour une potion destinée à soigner Ogul, leur seigneur malade. Zadig découvre, pour son plus grand bonheur, qu'Astarté est parmi elles. Elle lui raconte alors ses mésaventures : les gardes babyloniens avaient capturé Missouf, la femme battue, en la prenant pour Astarté, qui s'était en fait cachée dans le temple d'Orosmade. Missouf est devenue la femme du roi, mais, par ses caprices, elle a causé les malheurs de Babylone : le roi en est devenu fou et une guerre civile a éclaté. Le prince d'Hyrcanie a alors tué le roi et emporté Missouf, puis Astarté. Même si cette dernière est parvenue à s'échapper, elle a été capturée peu après par le brigand Arbogad et vendue au seigneur Ogul, qui aime tellement manger qu'il en est tombé malade. Zadig, après avoir assuré

Astarté de son amour, guérit Ogul en lui faisant faire de l'exercice. Il demande en récompense la liberté d'Astarté et l'obtient. Zadig et Astarté partent ensemble pour Babylone.

CHAPITRE xix

En arrivant à Babylone, Astarté et Zadig apprennent la mort du prince d'Hyrcanie. Afin de trouver le plus vaillant et le plus sage des prétendants, un tournoi mêlant combats et énigmes est organisé, dont le vainqueur remportera la main de la reine. Zadig emporte haut la main les épreuves. Mais, pendant la nuit, Itobad, un perdant, intervertit leurs armures et se fait passer pour le vainqueur.

CHAPITRE xx

Accablé par la destinée, le pauvre Zadig erre vers le fleuve de l'Euphrate et rencontre un ermite bon et vertueux. Ils décident de voyager ensemble pendant quelques jours. Zadig comprend peu à peu que l'ermite est réalité l'ange Jesrad, venu révéler à Zadig que seule la Providence a force de loi – « il n'y a point de mal dont il ne naisse un bien. » (chapitre xx) L'ange s'envole et dirige Zadig vers Babylone.

CHAPITRE xxi

Zadig est accueilli à Babylone et explique qu'on lui a volé sa victoire. On le confronte alors à une série d'énigmes, qu'il résout aisément, puis, pour prouver qu'il est le vainqueur initial, Zadig combat Itobad en duel et le terrasse. Il se jette ensuite aux pieds d'Astarté. Devenu roi, il goute enfin au bonheur véritable, adorant avec son épouse la Providence. Il engage Arbogad dans son armée afin que celui-ci cesse ses activités de brigand. Il met Sétoc à la tête du commerce de Babylone et fait de Cador son favori. Il donne une belle maison au pêcheur et offre des présents à Sémire et Azora, désolées de l'avoir un jour trahi, tandis que l'envieux meurt de rage. Babylone connait alors une période de bonheur et de prospérité.

ÉTUDE DES PERSONNAGES

ZADIG

Zadig, personnage central du conte, est un jeune homme beau, riche et intelligent. Ses qualités physiques et intellectuelles sont insurpassables. Il est surtout reconnu pour sa vertu ; son nom signifie « véridique » en arabe et « juste » en hébreu. Originaire de Babylone, son but principal est la recherche du bonheur.

Esprit perpétuellement en éveil, Zadig se prend de passion pour la nature, la philosophie et la sagesse. Il rivalise de bon sens avec les mages les plus éminents de l'Orient. Il critique volontiers les traditions et les pratiques religieuses qu'il juge contraires à la raison. Il est tour à tour poète, diplomate, ministre, esclave, brigand, guérisseur et guerrier.

Malgré sa bonne foi, le malheur semble s'acharner sur lui qui ne peut jamais se satisfaire de la condition dans laquelle il se trouve. C'est à partir de ses mésaventures que se nouent toutes les péripéties du conte. Véritable vertueux et cœur pur (il est vêtu de blanc lors des combats, alors que le traitre et usurpateur Itobad est vêtu de vert, couleur de la jalousie), il va d'échec en échec jusqu'à ce qu'il rencontre l'ange Jesrad qui lui révèle les lois de la divine Providence contre lesquelles nul ne peut lutter.

Zadig trouve finalement le bonheur en épousant la reine Astarté et en devenant le monarque éclairé de Babylone. Sa grandeur d'âme le pousse à honorer ses compagnons d'aventure, à se montrer magnanime et généreux avec ses ennemis et à rendre grâce au Ciel.

MOABDAR

Roi de Babylone, Moabdar est un homme bon, d'abord ami de Zadig avant que celui-ci ne tombe amoureux de la reine. Cela déclenche sa colère au point qu'il veut supprimer les deux amants. Il perd ensuite le contrôle de son royaume, sous l'emprise de la capricieuse Missouf, et est finalement tué par le prince d'Hyrcanie.

ASTARTÉ

Reine de Babylone et épouse du roi Moabdar, la belle Astarté est séduite par le charme et la conversation du jeune Zadig qui excelle dans tous les domaines. Leur amour étant impossible, elle doit fuir Babylone une fois celui-ci révélé, car le roi veut l'empoisonner. Tombée en disgrâce suite à la dénonciation de l'envieux et son épouse, elle est tour à tour prisonnière et esclave avant de redevenir la grande reine de Babylone et d'épouser celui qu'elle a toujours aimé, faisant de lui le roi.

CADOR

Jeune homme vertueux, il est le fidèle ami de Zadig (« un ami vaut mieux que cent prêtres », chapitre IV). Cador lui vient en aide à plusieurs reprises grâce à ses précieux conseils. Il sauve la vie de Zadig en le conjurant de quitter Babylone. Il veille sur la reine Astarté lorsque Zadig doit prendre la fuite vers l'Égypte (chapitre VIII). Il est donc l'adjuvant du héros. Sa fidélité et sa loyauté sont justement récompensées à la fin de l'histoire. En arabe, « Cador » signifie « le tout puissant ».

SÉTOC

Marchand d'esclaves qui achète Zadig, Sétoc parvient malgré tout à reconnaitre à leur juste valeur les qualités de Zadig (notamment sa sagesse et son intelligence). Il est l'un des nombreux personnages secondaires que rencontre Zadig durant son exil. À l'instar d'Arbogad, il devient l'ami de Zadig qui lui vient en aide pour résoudre des conflits locaux. C'est d'ailleurs par l'intermédiaire de Zadig que Sétoc rencontre celle qui deviendra sa femme, Almona, la veuve qui a renoncé au bucher. Il permet au héros de progresser dans sa quête du bonheur.

ARBOGAD

Arbogad est décrit comme un brigand, mais ce n'est pas un opposant de Zadig. Contrairement à Zadig, il a réussi dans la vie et s'est enrichi grâce à la malhonnêteté. C'est un voleur, mais il est capable d'accomplir de bonnes actions parmi une foule de mauvaises. Il admire Zadig pour son courage et sa dextérité, et lui propose même de s'enrôler dans son organisation.

C'est un personnage important dans le récit : c'est lui qui rapporte à Zadig les mauvaises nouvelles concernant Babylone, et c'est également moi qui vends, sans le savoir, la reine Astarté au seigneur Ogul.

Zadig lui offrira un poste dans son armée en échange de l'arrêt total de ses activités malhonnêtes.

NABUSSAN

Roi de l'ile de Serendib (l'ancien nom arabe pour l'actuel Sri Lanka), Nabussan rencontre Zadig lorsque celui-ci accompagne son maitre et ami Sétoc pour faire du commerce. Nabussan est un bon seigneur, mais il est toujours trompé et volé. Zadig lui vient en aide et, grâce à une ruse, lui trouve un bon trésorier, puis une jolie sultane, Falide. La superstition des Orientaux veut que les femmes aux yeux bleus portent malheur. Zadig, en diplomate, arrangera une fois encore la situation. Le bon roi le couvre d'or pour le remercier.

L'ENVIEUX

Son vrai nom est Arimaze, mais son surnom en dit plus long sur le caractère de ce personnage. Il est jaloux et envieux de son voisin Zadig au point d'être à la base de la disgrâce et de l'exil du héros. Il est donc un farouche opposant de Zadig et incarne la figure de l'antihéros. L'envieuse, sa femme, tombe amoureuse de Zadig. Lorsqu'elle comprend que ce dernier aime Astarté, par jalousie, elle le dénonce au roi.

CLÉS DE LECTURE

LE SIÈCLE DES LUMIÈRES

Le conte de Voltaire s'ancre dans un mouvement intellectuel bien précis, celui des Lumières, né au début du XVIIIe siècle en Europe. Le nom « Lumières » provient de la volonté des philosophes de l'époque de combattre l'ignorance (les ténèbres, l'obscurantisme) par les lumières de la raison et d'éclairer le plus grand nombre en diffusant le savoir. l'*Encyclopédie*, dirigée par Diderot (écrivain français, 1713-1784) et d'Alembert (mathématicien et philosophe français, 1717-1783), est l'un des meilleurs symboles de cette volonté de promouvoir la connaissance et de la répandre auprès du public. Les intellectuels et les philosophes souhaitent que les hommes utilisent leur raison pour penser par eux-mêmes, et encouragent donc la science comme remède à la superstition et à l'intolérance religieuse.

Ainsi, les philosophes, exerçant leur raison, remettent tout en cause. Voltaire est l'un des auteurs les plus influents de l'époque. Il s'implique dans des affaires judiciaires et milite notamment pour l'abolition de la torture et de l'esclavage. Comme de nombreux intellectuels de l'époque, il considère que les religions et les pouvoirs tyranniques ont fait naitre le mal dans des sociétés qui auraient pu, sans cela, être heureuses.

LE GENRE DU CONTE

Le conte est un récit, le plus souvent court, retraçant des

aventures imaginaires ou fantastiques. Il a généralement pour but d'instruire le lecteur tout en l'amusant. À l'origine, le conte entretient des rapports très étroits avec la littérature orale. Les ancêtres du genre sont d'ailleurs deux ouvrages médiévaux qui ont intégré dans leurs récits des éléments populaires jusque-là transmis oralement : le *Décaméron* (1348-1353) de Boccace (écrivain italien, 1313-1375) et *Les Contes de Cantorbéry* (composé vers 1390 et édité vers 1478) de Geoffrey Chaucer (poète anglais, vers 1340-1400).

Le conte ne s'est véritablement fixé comme genre littéraire qu'à partir de la fin du XVIIe siècle, grâce à Charles Perrault (écrivain français, 1628-1703) qui a donné une transcription écrite des contes populaires.

Le XVIIIe siècle correspond à l'âge d'or du conte. Les auteurs ont en effet été nombreux à emprunter les ressources allégoriques du genre pour transmettre un message politique ou moral. Voltaire est l'auteur de nombreux contes philosophiques, parmi lesquels, outre *Zadig* : *Micromégas* (1752) et *Candide ou l'Optimisme* (1759).

Zadig reprend toutes les caractéristiques du genre du conte :

- le temps indéterminé et révolu. Le récit s'inscrit généralement dans une époque indéterminée et ancienne. *Zadig* débute avec un indice temporel fictif, le « temps du roi Moabdar » (chapitre I), un roi imaginaire. Cet effet rappelle le « il était une fois » des contes de fées ;
- l'espace fantaisiste. Voltaire choisit de dépayser son lecteur en ancrant son intrigue dans un Orient fantaisiste,

entre Babylone et l'Égypte, très sensuel et régi par les croyances et les superstitions ;
- la présence du merveilleux. *Zadig* intègre des êtres surnaturels, comme le basilic que les servantes recherchent pour le seigneur Ogul, ou bien le griffon mentionné lors d'un repas dans le chapitre IV. On trouve aussi un ange, Jesrad, qui vient à rencontre de Zadig à la fin du récit ;
- des actions invraisemblables. Celles-ci sont souvent irréalistes, car fondées sur le hasard. Dans *Zadig*, les péripéties s'enchainent sans explication. La narration de Voltaire refuse toute logique et contrainte, ce qui crée des situations souvent invraisemblables, comme lorsque Zadig est fait prisonnier alors qu'il se promenait dans la forêt, simplement parce qu'il a deviné à quoi ressemblaient le chien et le cheval du roi et de la reine.

Voltaire utilise donc les codes du conte afin d'établir un récit simple et accessible à tous. En effet, la brièveté de la forme du conte permet à l'auteur de délivrer un message clair et percutant. Le genre du conte, en réduisant les personnages à des traits caricaturaux sous lesquels il n'est pas difficile de retrouver la cible, en dépaysant le lecteur par un cadre exotique, onirique et sensuel, en maniant l'humour et l'ironie, est une forme efficace pour transmettre des thèses philosophiques, à l'inverse des formes du traité ou de l'essai.

L'ORIENTALISME

Au XVIIIe siècle, l'orientalisme est à la mode suite à la traduction par Antoine Galland des contes des *Mille et Une Nuits*. À l'instar de Montesquieu (écrivain français, 1689-1755) dans les *Lettres persanes* (1721), Voltaire suit cette nouvelle tendance.

L'intrigue de *Zadig* se passe à Babylone et dans plusieurs pays orientaux (Égypte, Sri Lanka, Syrie, etc.). Le lecteur rencontre des personnages typiques de ces régions : sultans, mages, pages, bonzes, esclaves, marchand d'esclaves, brigands, médecin charlatan, chevaliers, ou encore un ermite. Ils évoquent un imaginaire oriental, mais néanmoins proche du lecteur français de l'époque.

Ce milieu oriental et arabe est fantasmé. Ses caractéristiques principales sont la cruauté (du roi, des mages, des prêtres), la sensualité (la reine Astarté, les femmes que rencontre Zadig) et le merveilleux (l'ange Jesrad). Zadig, pour avoir « menti » au sujet des animaux, est condamné au *knout* (fouet, chapitre III). La superstition est également mise en avant. On fait davantage confiance à un médecin charlatan qu'à la réalité. Les femmes aux yeux bleus portent malheur et le seigneur Ogul croit qu'il sera guéri par un reptile fabuleux.

Voltaire s'attache à dénoncer les pratiques dépassées et inhumaines, ainsi que les croyances religieuses aveugles. Il dénonce l'astrologie judiciaire (méthode qui consiste à prédire le destin des individus d'après la disposition des astres au moment de leur naissance), et la théologie des mages, ainsi que le zoroastrisme (religion dualiste de l'Iran ancien qui oppose un principe bon et un principe mauvais). Il n'hésite pas à décrire Zadig comme « le bienfaiteur de l'Arabie » (chapitre XI).

En ancrant son récit dans le monde oriental, Voltaire émoustille son lecteur en dépeignant l'imaginaire d'un orient sensuel et onirique. Il parvient également, grâce à ce déplacement, à contourner la censure, puisqu'il peut ainsi aborder et critiquer des sujets censurés en France au XVIIIe siècle, comme la religion et le pouvoir.

IRONIE ET SATIRE

La forme naïve du conte permet à Voltaire de critiquer la société de façon détournée. À travers des personnages caricaturaux ou bien des évènements ridicules, l'auteur dénonce la société de son temps. On repère plusieurs types de critiques dans *Zadig*.

Critique de la religion

Au XVIIIe siècle, les philosophes des Lumières voulaient démonter les pressions sociales engendrées par l'Église, qui possédait encore beaucoup d'importance dans l'État. Un des grands combats que mena Voltaire fut celui contre le fanatisme. Sa maxime « Écrasons l'Infâme ! », par laquelle il clôturait toutes ses lettres aux encyclopédistes, est restée célèbre.

Dans *Zadig*, il ironise sur la religion, notamment sur les traditions anciennes et absurdes que les prêtres continuent d'appliquer. Il met en scène des prêtres butés et cruels encourageant la tradition ancienne et violente des buchers de veuvage (les femmes doivent s'immoler pour rejoindre leur défunt époux).

De la même façon, dans le chapitre VII, il évoque une dispute, vieille de 1500 ans, que Zadig doit régler : une partie de la population pense qu'il faut entrer dans le temple de Mithra du pied gauche, quand l'autre prétend qu'il faut y entrer du pied droit. Les deux sectes opposées demandent à Zadig laquelle des deux prescriptions remporte ses faveurs. Cette dispute fait écho aux vieilles pratiques religieuses absurdes et arriérées qui, de tout temps, déchirent le monde. L'envieux, l'un des personnages les plus caricaturaux, ne croit pas Zadig :

> « L'envieux et sa femme prétendirent que dans son discours il n'y avait pas assez de figures, qu'il n'avait pas fait assez danser les montagnes et les collines. "Il est sec et sans génie, disaient-ils ; on ne voit chez lui ni la mer s'enfuir, ni les étoiles tomber, ni le soleil se fondre comme de la cire ; il n'a point le bon style oriental." » (chapitre VII)

Voltaire, avec son énumération, fait allusion au psaume CXIV, (« Quand Israël sortit de l'Égypte, et la famille de Jacob du milieu d'un peuple barbare, Judas devint pour le Seigneur un peuple saint, et Israël le siège de sa puissance ; la mer le vit et s'enfuit, le Jourdain rebroussa vers sa source », psaume 114 :1-8). Il attaque donc avec humour les croyances absurdes de l'envieux et de sa femme, qui prennent le texte à la lettre.

En effet, Voltaire, comme la plupart des philosophes du Siècle des Lumières, se considère comme déiste. Il reconnait l'existence d'un être suprême, un Dieu architecte ou horloger, dont le monde serait l'ouvrage, mais se méfie de l'institutionnalisation de la religion, qui divise les hommes.

Il refuse donc de concevoir la foi à travers les prêtres, les tribunaux d'inquisition, les anciennes coutumes, etc.

Critique de la justice

Voltaire n'épargne pas la justice. Il dépeint les juges comme des êtres cupides et corrompus. Par exemple, lorsque Zadig est accusé d'avoir volé le cheval et le chien du roi et de la reine, les juges le condamnent à l'exil ; lorsque l'on retrouve les bêtes (juste après le jugement) et que Zadig est innocenté, celui-ci doit quand même payer une amende aux juges « pour avoir dit qu'il n'avait point vu ce qu'il avait vu » (chapitre III). De la même façon, lorsque, plus tard, le roi ordonne que l'on rende à Zadig la somme de l'amende, le greffier, les huissiers et les procureurs ne lui donnent que deux onces, car ils ont prélevé 398 onces pour les « frais de justice » (*ibid.*) Même les valets des juges demandent de l'argent pour leurs honoraires.

Critique du pouvoir

À la monarchie absolue de droit divin, les Lumières opposent l'idéal d'un régime éclairé, mené par un monarque juste et rationnel, conseillé par un philosophe. Dans *Zadig*, Voltaire dénonce le pouvoir tyrannique à travers le roi Moabdar, qui tue et fait exiler injustement ses sujets.

Par l'entremise d'un conte en apparence simple et enfantin, Voltaire dénonce en réalité la corruption et les traditions religieuses de la société du XVIIIe siècle. Il va même parfois assez loin, comme dans le chapitre II, où il cite directement le « sieur Arnoult », un marchand droguiste qui commercialisait, à grand renfort de publicité, des sachets antiapoplectiques entre 1741 et 1743. Il jouissait alors d'un grand succès alors que l'efficacité de ses sachets était franchement fluctuante. Voltaire le critique directement dans son conte en mettant les sachets d'Arnoult au même niveau que le remède absurde de Cador, qui est d'appliquer sur le côté du corps le nez d'un jeune homme mort la veille. Voltaire utilise donc l'ironie et l'humour pour dénoncer les problèmes de la société et éclairer ses lecteurs.

UN CONTE PHILOSOPHIQUE

Le genre littéraire du conte philosophique permet à Voltaire de donner libre cours à ses idées, grâce à son aspect allégorique. Ainsi, dans *Zadig ou la Destinée*, le philosophe nous livre son point de vue sur divers sujets :

- la quête de Zadig a pour objet le bonheur. Cette thématique est le fil conducteur du conte. Voltaire prône une philosophie eudémonique : le seul sens véritable de la vie est d'être heureux, au-delà de la richesse et des possessions matérielles. Zadig fait en effet peu de cas de l'argent et n'hésite pas à vivre dans le dénuement le plus complet, à quitter sa femme Sémire, la compagnie des sages et la cour des rois qu'il fréquente lorsqu'il constate qu'il n'est pas heureux ;
- Voltaire prône une philosophie de la raison, basée sur l'observation de la nature et les sens. Zadig incarne cette philosophie qui lui permet de régler les conflits, d'arranger le différend de Sétoc et même de résoudre les énigmes ;

- Voltaire, tout comme Zadig, est déiste. Ils croient en l'existence d'un Dieu grand horloger qui a créé le monde et s'est ensuite détourné de sa création ;
- le philosophe défend également le relativisme. Lors du souper multiculturel, Zadig fait à nouveau parler sa raison en mettant en avant cette fois le relativisme des coutumes. Il démontre par là qu'il n'y a pas de culture supérieure à une autre et fait preuve d'une grande tolérance ;
- derrière la morale du conte délivrée par l'ange Jesrad, à savoir qu'il ne faut pas lutter contre le destin, se cache la philosophie de Leibniz (philosophe allemand, 1646-1716), dont Voltaire se fait l'écho et dont il concentre toute la pensée dans la formule « tout est au mieux » (VOLTAIRE, *Candide ou l'Optimisme*, chapitre I) dans le « meilleur des mondes possibles » (*Ibid.*, chapitre V). Voltaire prône ainsi une forme de déterminisme philosophique (« Il n'y point de mal dont il ne naisse un bien », chapitre XX), qu'il critiquera vertement quelques années plus tard dans *Candide ou l'Optimisme* (1759).

Zadig peut donc être considéré comme un personnage philosophique. Les diverses péripéties qu'il vit n'ont pour but que de développer la philosophie de l'auteur. Ce conte est également un récit initiatique dans le sens où on suit l'évolution d'un héros qui passe par diverses épreuves avant de trouver la voie du bonheur.

LE RÉCIT D'INITIATION

Au début du récit, le personnage de Zadig est présenté de

façon positive : c'est un jeune homme vertueux, ayant reçu une bonne éducation. Mais, dès le second paragraphe, le narrateur annonce que son innocence va être bousculée par les évènements malheureux qui vont lui arriver : « Zadig, avec de grandes richesses, et par conséquent avec des amis, ayant de la santé, une figure aimable, un esprit juste et modéré, un cœur sincère et noble, crut qu'il pouvait être heureux. » (chapitre I) Zadig va en effet de désillusion en désillusion : sur l'amour (Sémire l'abandonne à cause de sa blessure, Azora le trompe) ; sur la justice et le pouvoir (il découvre que les juges, et le pouvoir en général, sont corrompus) ; et enfin sur toute l'humanité (il découvre des hommes sots et jaloux, comme l'envieux, ou bien aveuglés par le pouvoir, comme son ancien ami le roi Moabdar).

Mais Zadig, au lieu d'accepter le monde tel qu'il le découvre, refuse cet écart entre son idéal, ses rêves, et la réalité : « Qu'il est difficile d'être heureux dans cette vie ! » (chapitre III) Il souhaite vivre dans un monde juste et parfait, et ne comprend pas pourquoi il n'est pas toujours récompensé lorsqu'il fait preuve de vertu :

> « Qu'est-ce donc que la vie humaine ? O vertu ! à quoi m'avez-vous servi ? [...] Tout ce que j'ai fait de bien a toujours été pour moi une source de malédictions, et je n'ai été élevé au comble de la grandeur que pour tomber dans le plus horrible précipice de l'infortune. Si j'eusse été méchant comme tant d'autres, je serais heureux comme eux. » (chapitre IX)

À l'inverse, ses bonnes actions suscitent la jalousie des autres, et même la science lui apporte des ennuis : lorsque Zadig fait preuve de savoir, en devinant qui sont les animaux du roi grâce à leurs empreintes, il se fait arrêter : « Zadig vit combien il était dangereux quelquefois d'être trop savant. » (chapitre iii)

Zadig traverse donc de nombreuses épreuves au fil du récit (il est emprisonné, puis devient esclave, etc.), qui vont lui permettre d'évoluer. Chaque nouvelle situation va lui permettre de comprendre le monde et d'atteindre la sagesse et le bonheur. C'est grâce à sa rencontre avec l'ermite que Zadig va comprendre son parcours initiatique. Celui-ci va lui apprendre qu'« il n'y a point de hasard ; tout est épreuve, ou punition, ou récompense, ou prévoyance » (chapitre x). Zadig réalise alors que tout ce qui lui est arrivé est décidé par la Providence et que le monde est régi par un ordre bien précis.

Zadig, grâce à son aventure, découvre le sens de sa vie et de la destinée, réglée par la Providence, et atteint enfin le bonheur. À la fin du récit, c'est un homme sage et heureux ; il a même pardonné à Sémire et Azora leur trahison.

Ainsi, derrière l'apparente simplicité et naïveté du conte, Voltaire met en place un récit intelligent à plusieurs facettes, afin de dénoncer les défauts de la société et élever le lecteur. *Zadig ou la Destinée* était d'ailleurs si subversif que Voltaire l'avait d'abord publié de manière anonyme. Il déclare, dans une lettre en 1748 :

> « Je serais très fâché de passer pour l'auteur de *Zadiq*, qu'on veut décrier par les interprétations les plus odieuses, et qu'on ose accuser de contenir des dogmes téméraires contre notre sainte religion. Voyez quelle apparence ! » (« Lettre à

M. le comte d'Argental », in *Œuvres complètes de Voltaire. Correspondance générale*, vol. XXXVI, Paris, Garnier, 1883, p. 537)

Zadig est donc un récit bien moins simple qu'il n'en a l'air, et l'une des œuvres les plus représentatives de Voltaire, dont le succès persiste encore aujourd'hui.

PISTES DE RÉFLEXION

QUELQUES QUESTIONS POUR APPROFONDIR SA RÉFLEXION...

- En quoi consiste l'ironie de Voltaire dans *Zadig* ? Quels en sont les effets ?
- En quoi cet ouvrage constitue-t-il une critique de la société du xviiie siècle ?
- À votre avis, quels éléments de *Zadig* ont pu choquer le lectorat de l'époque ?
- Quel est l'objet de la quête de Zadig ?
- Voltaire utilise fréquemment le genre du conte philosophique. À votre avis, pour quelle(s) raison(s) ?
- Dans *Zadig* comme dans *Candide*, Voltaire fait référence à la philosophie de Leibniz, mais son point de vue sur la pensée du philosophe diverge d'un ouvrage à l'autre. Expliquez.
- Pourquoi peut-on dire que *Zadig* constitue également un conte initiatique ?
- En quoi cette œuvre se rattache-t-elle à la tradition du conte oriental ? Comparez-le à d'autres ouvrages s'inscrivant également dans cette tradition.
- Comparez *Zadig* avec d'autres contes philosophiques de Voltaire (*Le Monde comme il va*, *Micromégas*, *Candide*, *L'Ingénu*, etc.).
- Comme Voltaire avait choisi le conte, quelle(s) forme(s) choisirait aujourd'hui un écrivain pour critiquer, à couvert, la société contemporaine ?

POUR ALLER PLUS LOIN

ÉDITION DE RÉFÉRENCE

- Voltaire, *Zadig ou la Destinée*, Paris, Gallimard, coll. « Folio classique », 1999.

ÉTUDES DE RÉFÉRENCE

- « Conte », in *larousse.fr*, consulté le 20 janvier 2017. http://www.larousse.fr/encyclopedie/divers/conte/36566
- Voltaire, *Zadig ou la Destinée. Voltaire*, texte annoté et commenté par Isabelle de Lisle, Paris, Hachette Éducation, coll. « Bibliolycée », 2004.

SUR LEPETITLITTÉRAIRE.FR

- Commentaire du chapitre I de *Candide ou l'Optimisme de Voltaire*.
- Commentaire du chapitre III de *Candide ou l'Optimisme*.
- Commentaire du chapitre XIX de *Candide ou l'Optimisme*.
- Fiche de lecture sur *Candide ou l'Optimisme*.
- Fiche de lecture sur *Jeannot et Colin* de Voltaire.
- Fiche de lecture sur *L'Ingénu* de Voltaire.
- Fiche de lecture sur *Le Monde comme il va* de Voltaire.
- Fiche de lecture sur *Micromégas* de Voltaire.

Retrouvez notre offre complète sur lePetitLittéraire.fr

- des fiches de lectures
- des commentaires littéraires
- des questionnaires de lecture
- des résumés

DUMAS
- Les Trois
  Mousquetaires

ÉNARD
- Parlez-leur
  de batailles,
  de rois et
  d'éléphants

FERRARI
- Le Sermon sur la
  chute de Rome

FLAUBERT
- Madame Bovary

FRANK
- Journal
  d'Anne Frank

FRED VARGAS
- Pars vite et
  reviens tard

GARY
- La Vie devant soi

GAUDÉ
- La Mort du
  roi Tsongor
- Le Soleil des
  Scorta

GAUTIER
- La Morte
  amoureuse
- Le Capitaine
  Fracasse

GAVALDA
- 35 kilos d'espoir

GIDE
- Les
  Faux-Monnayeurs

GIONO
- Le Grand
  Troupeau
- Le Hussard
  sur le toit

GIRAUDOUX
- La guerre de
  Troie
  n'aura pas lieu

GOLDING
- Sa Majesté des
  Mouches

GRIMBERT
- Un secret

HEMINGWAY
- Le Vieil Homme
  et la Mer

HESSEL
- Indignez-vous !

HOMÈRE
- L'Odyssée

HUGO
- Le Dernier Jour
  d'un condamné
- Les Misérables
- Notre-Dame
  de Paris

HUXLEY
- Le Meilleur
  des mondes

IONESCO
- Rhinocéros
- La Cantatrice
  chauve

JARY
- Ubu roi

JENNI
- L'Art français
  de la guerre

JOFFO
- Un sac de billes

KAFKA
- La Métamorphose

KEROUAC
- Sur la route

KESSEL
- Le Lion

LARSSON
- Millenium I. Les
  hommes qui
  n'aimaient pas
  les femmes

LE CLÉZIO
- Mondo

LEVI
- Si c'est un
  homme

LEVY
- Et si c'était vrai…

MAALOUF
- Léon l'Africain

MALRAUX
- La Condition humaine

MARIVAUX
- La Double Inconstance
- Le Jeu de l'amour et du hasard

MARTINEZ
- Du domaine des murmures

MAUPASSANT
- Boule de suif
- Le Horla
- Une vie

MAURIAC
- Le Nœud de vipères

MAURIAC
- Le Sagouin

MÉRIMÉE
- Tamango
- Colomba

MERLE
- La mort est mon métier

MOLIÈRE
- Le Misanthrope
- L'Avare
- Le Bourgeois gentilhomme

MONTAIGNE
- Essais

MORPURGO
- Le Roi Arthur

MUSSET
- Lorenzaccio

MUSSO
- Que serais-je sans toi ?

NOTHOMB
- Stupeur et Tremblements

ORWELL
- La Ferme des animaux
- 1984

PAGNOL
- La Gloire de mon père

PANCOL
- Les Yeux jaunes des crocodiles

PASCAL
- Pensées

PENNAC
- Au bonheur des ogres

POE
- La Chute de la maison Usher

PROUST
- Du côté de chez Swann

QUENEAU
- Zazie dans le métro

QUIGNARD
- Tous les matins du monde

RABELAIS
- Gargantua

RACINE
- Andromaque
- Britannicus
- Phèdre

ROUSSEAU
- Confessions

ROSTAND
- Cyrano de Bergerac

ROWLING
- Harry Potter à l'école des sorciers

SAINT-EXUPÉRY
- Le Petit Prince
- Vol de nuit

SARTRE
- Huis clos
- La Nausée
- Les Mouches

SCHLINK
- Le Liseur

SCHMITT
- La Part de l'autre
- Oscar et la
  Dame rose

SEPULVEDA
- Le Vieux qui
  lisait des romans
  d'amour

SHAKESPEARE
- Roméo et Juliette

SIMENON
- Le Chien jaune

STEEMAN
- L'Assassin
  habite au 21

STEINBECK
- Des souris et
  des hommes

STENDHAL
- Le Rouge et
  le Noir

STEVENSON
- L'Île au trésor

SÜSKIND
- Le Parfum

TOLSTOÏ
- Anna Karénine

TOURNIER
- Vendredi ou
  la Vie sauvage

TOUSSAINT
- Fuir

UHLMAN
- L'Ami retrouvé

VERNE
- Le Tour
  du monde
  en 80 jours
- Vingt mille
  lieues sous
  les mers
- Voyage au
  centre de
  la terre

VIAN
- L'Écume des jours

VOLTAIRE
- Candide

WELLS
- La Guerre des
  mondes

YOURCENAR
- Mémoires
  d'Hadrien

ZOLA
- Au bonheur
  des dames
- L'Assommoir
- Germinal

ZWEIG
- Le Joueur
  d'échecs

ISBN version numérique : 978-2-8062-9686-3
ISBN version papier : 978-2-8062-9687-0
Dépôt légal : D/2017/12603/236

Avec la collaboration de Pauline Coullet pour le résumé de l'œuvre, l'analyse du personnage Arbogad, ainsi que pour les chapitres « Le Siècle des Lumières », « Le genre du conte », « L'orientalisme », « Ironie et satire » et « Le récit d'initiation ».

Conception numérique : Primento,
le partenaire numérique des éditeurs.

Ce titre a été réalisé avec le soutien de la Fédération Wallonie-Bruxelles, Service général des Lettres et du Livre.